KB046363

여우

여우

육근상
시집

솔
시선
31

| 시인의 말 |

나는 또 어느 별에서 생명 얻을 것이니 가는 것 너무 슬퍼하지 마라

비가 오는구나 비가 오시는구나

말씀 남기고 엄니는 저 별로 가셨습니다

辛丑年 乙未月 大暑

가래울에서, 육근상

| 차례 |

시인의 말 … 5

제1부

한낮 … 12

모개 … 13

손님 … 14

별 … 16

봄날 … 17

수국 … 18

새 떼 … 20

호박꽃 … 21

적멸 … 22

가을 … 23

메밀꽃 … 24

손 없는 날 … 25

보름벌레 … 26

달 강 … 27

북바위 … 28

여우 … 30

폭설 … 32

숫눈 … 33
바라실 미륵원지 노을집 … 34

제2부

詩 … 38
사월 … 39
앵두가 익어가네 … 40
봄비 … 41
달가락지 … 42
빈집 … 43
여수 바윗골 … 44
누이 … 46
노을 강 … 47
낙화 … 48
어떤 저녁 … 49
가을밤 … 50
강 … 52
첫사랑 … 53
낮달 … 55
속초 … 56

동백 … 57
망종 … 58
오늘만 같고 … 59
해남 윤씨네 골방에 누워 … 60

제3부

삭망 … 64
겨울밤 … 66
엄니 … 67
벚꽃 설렁탕 … 68
사랑가 … 70
콩꼬투리 … 72
오늘은 비 … 74
밥 … 75
살림 1 … 76
살림 2 … 78
살림 3 … 79
살림 4 … 80
살림 5 … 82
새벽 … 83

이 몸이여 홀로 살아가는구나 … 84
첫눈이 해끗해끗 … 85
세밑 … 86
연대기 … 87
혼자 사는 즐거움 … 88
길손 … 91
붉은 포도밭 … 92

해설 방민호 … 93
겨울의 송가에서 봄의 예감으로

제1부

한낮

대밭에 흰 새 울다 날아갔다
천둥 번개 불러들인 대추나무도 슬퍼하였다
강 마을 들어서는 샛길은 또랑 만들어 며칠 수군거렸다

땡볕이 채마밭에 날개짓 털었다
마루턱 기대 댓잎이 쓰는 글 몇 줄 읽다
받아쓸 요량으로 고쳐 앉으면
풀잎은 강물 소리로 흔들리다 울음 터뜨렸다

마루가 걸을 때마다 슬픈 노래로 찌걱거리자
고욤나무는 주렁치렁 매달린 그늘 뒤란에 뿌려놓았다
마당이 바람도 없는 한낮이라 눈부시게 적막하였다

모개

다 늦은 저녁 되어서야 얼굴 한 번 빼꼼 내밀고 가는 수구리집 딸내미 허리춤 사이로 피다 만 동백꽃 떨어질 것 같고

모개야 모개야 부르면 청령° 끝 방앗간집 작은아덜 오토바이 꽁무니 매달려 손 흔들다 개골창으로 흩날리는 살구꽃 같기도 허고

° 대전광역시 동구 추동의 한 지명.

손님

냇물이 녹아 자갈밭 쇠스랑 긁는 소리다

작년 가을 내려놓은 밤송이들이 더벅머리로 또랑까지 왔다

겨우내 산꿩이 바위에 꽃 그림 그려넣고 꺼겅꺼겅 내려왔다

마당 켠 걸어놓은 양은솥에서 간장 달이는 냄새 가득했다

어린애 업은 민들레가 팔 걷어붙이고 장꽝 앉아 된장 치댔다

담장 넘겨보던 홍매가 멈칫멈칫 다녀갔다

동백이 까마중이 괭이밥이 다녀간 날 붓 통 맨 목련이 찾아왔다

며칠 비 그림만 그리다 돌아갔다

이른 아침부터 바람이 아래에서 위로 대찬 날이다

볕

품속 같다 무엇이든 끌어안고 있으면 한 생명 얻을 수 있겠다

겨우내 버려두었던 텃밭도 품속 따뜻했는지 연두가 기지개다 뾰족한 입술 가진 호미도 혓바닥 넓은 꽃삽도 품속 그리웠는지 입술 묻고 뗄 줄 모른다 나를 품었던 엄니도 이제 품속 돌아가려는지 양지 녘 볕을 있는 힘껏 끌어모으신다

품속 내려놓은 어미 닭이 병아리들 꽁무니 매달고 의젓하게 마당 맴돌고 있다

봄날

꽃마차 들어온 날이다
고삐 쥐여주면 찔레 강 길 한 바퀴 돌았을 테다
챙 모자 쓴 엄니는 한 바퀴만 더 돌자 하셨을 테다

봄비는 채찍 쳐 정지 뜰 급히 건너가셨으니
마차 지나간 보리밭 길 찔레꽃 몸 부르르 턴다
아버지는 평생 고삐 잡는 것을 부적 쥐듯 살고 있어
맘 급한 명자꽃이 펄쩍 뛰어내려 버드나무에 그러맨다
강 물결 무지기치마°로 출렁거리자
갈기 머리 봄별이 목덜미 간지러운지 구유통 기대 참빗
질이다

풀거미 모였다 흩어지며 노을 잣고
나는 너럭바위 앉아 강물 바라보는데 말방울 소리 들린다
찔레꽃 앞발 들어 히이이잉 우는 봄날이다

° 부녀자들이 명절이나 잔치 때에 겉치마가 부풀어 오르게 보이려고 치마 속에 입던 통치마.

수국

먹감나무 이파리가 수북이 쌓이기도 허고
몇은 가지 끝에 매달려 빙그르르 돌기도 허고
낮부터 차가워진 바람이 벌겋게 코끝 달구기도 허여

텃밭 물끄러미 눈길 돌렸더니
마른 수국이 보자기에 싼 징을 머리에 이고
부소무늬° 올라오는 당골네 뒷모습이라
아이고 엄니 허고 부르니 눈썹 하나 떼어주고
엄니 엄니 허고 또 부르니 노려보는디
해끗해끗 눈발 날리더란 말시
나는 양손 사타구니 늫고 으흐흐흐흑
어깨 들썩이다 생각허거늘

녜기를 헐 눔 같으니라구 내가 아무리 무루팍 쑤시구 허리께 머시가 드가 있나 밤낮 도굿대루 조사불구 있는 거 같어두 속 씨기지 말라구 암시랑토 않게 댕기구 헝게 안직두 간수메° 공장 폴폴 날러 댕김서 초랭이 방정인 줄 아능가베 추난호글春顔豪傑 좋기는 허겄다마는 인자 가면 온제 올지두 모릴 엄니 가는 길 내다보기는 해얄 긋 아녀

눈 흘기던 엄니는 이제 추운 줄도 모르고 배고픈 줄도 모르고 허리 아퍼 뜨끈뜨끈허니 둔눠 지질 줄도 모르고

◦ 충청북도 옥천군 군북면에 있는 마을.

◦ '통조림'이라는 뜻의 일본어.

새 떼

새 떼 날아오르자 먹감나무 이파리가 꼬리 흔들며 내려앉았다

마당 켠 가마솥 아궁이로 몰려든 먹감나무 이파리에 눈알 하나하나 붙여주었다 개중 몇몇은 억새 바람에 홀려 호수로 돌아가기도 하였다

봄날 끝자락에 피어 당숙한테 머리끄덩이 잡힌 엄니는 말 한마디 하지 않고 가을 깊도록 돌아오지 않았다

그믐이면 호수 건너려 발등에 금이 간다는 붉은 바위 앉아 엄니 기다려도
보따리 들고 오다 뒤도 돌아보지 않고 새 떼로 돌아가시겠지만
아궁이 앞 앉아 먹감나무 이파리에 눈알 붙여 엄니 계신다는 쪽으로 날려 올리자
매운 연기가 기럭기럭 날아갔다

호박꽃

퇴근길 만나는 호박꽃 들여다보다
저이도 가정 이루었으니 가장인 아줌니 허리 아파
담벼락 기대 대파 한 단이랑 매운 고추랑 말린 고사리 조금 놓고
떨이라는 저녁이 쏟아져 나와 나는 또 한 번 바라보는데
차갑게 식은 젯밥 같은 것을 양푼에 넣고 열무김치도 넣고
바쁘게 비빈 듯 흰밥이 듬성듬성 보이는 저녁을 한 숟가락 퍼 넣다
흘낏 바라보는 눈이 하도나 순하여
아줌니 이거 다 얼마유 주섬주섬 집어넣고
고욤나무 가지 타고 오른 덩굴에 조막 덩어리만 한 호박 바라보는
이때가 좋아서 엄니랑 마주 앉아 저녁 비비던 툇마루가 좋아서
나는 또 먼 데 서쪽 하늘 바라보기도 하는 어스름이다

적멸

쥐한테 물린 자국 보이기에
깨 털다 물린 자국 아직도 남아 있는규 슴벅거리니
애덜 근강햐 집 안에 쥐는 읎구 다른 말씀이신 엄니가
이빨도 없어 밥 한 숟가락 한참 오물거리다

울지 말구 절허지 말구
정 거시기허먼 생일날 떡국이나 끓여 애덜이랑 노나 먹덩가
입성일랑은 조 아래 또랑이 가서 다 태워버리구

또 주무신다

이 밤 누가 논두렁 태우고 있나
매운 눈 비비며 쥐를 잡고 있나

가을

바라보기만 해도 쨍그랑 깨질 것 같은 하늘 바라보다
함께 걷는 계족산 뱉어내는 가랑잎이라는 말 하도나 슬퍼
아 죽고 싶은 아침이로다 그런 줄 알아라 각시한테 문자
넣었다

가을은 맑고 차가운 기운으로 익어
살진 송어 떼 같은 후박나무 이파리가 자맥질하듯 차고
오르는
봉황봉 암자 들어설 무렵이었을까
내가 계곡물 손 적셔 만추의 얼굴 씻어낼 무렵이었을까
외출하려면 문간까지 따라 나와 손 흔들어 배웅하던 각
시 답신 왔다

살강 밑 항아리 녹파주 익는 소리 들을 만하다 그런 줄 알
아라

메밀꽃

추석 대목이랬자
보따리 들고 엄니 따라
아홉 고개 넘어가는 일

이 집은 아들 다섯
저 집은 홀애비만 둘
오동나무집 들어서면
여시 왔다
주원네 달여시 왔다

사흘이고 나흘 지나
부소무늬라는 외가 돌아
강 길 밟아 오면
서늘한 강바람에 핀
엄니 등허리 꽃

메밀꽃
메밀꽃

손 없는 날

보문산 보리밥집 평상 앉아 있었지
양푼이 비빔밥 따라온 상추벌레가
어디를 급히 가려는지 꿈틀대고 있었지
비는 내리고
비구스님 걸망도 석수쟁이 김 씨 두툼한 손등도
양푼 깊숙이 꿈틀거리고 있었지
옛날 애인이 살다간 골목 뛰어나온 눈두덩 부숭한 아줌니
나처럼 보리밥 한 그릇 비비며 중얼중얼 내리고
알몸의 아이들은 발랄하게 쏟아지고 있었지
손 없는 날 가신 엄니 아직 오시지 않고
나는 참기름 몇 방울 떨어뜨려 보리밥이나 비비고 있었지
꾸역꾸역 밀어 넣고 있었지

보름벌레

가을은 왔다 강물은 애잔함도 없이 웅숭깊게 흐르는구나 갈대는 따라나서고 싶어 엄니 치맛단 잡고 허리 꺾는구나 수레국화는 무슨 할 말 있어 어린것들 데리고 여기까지 왔나 가죽나무가 허름한 돼지막으로 가을볕 쏟아놓는다

저 가을볕 따라 한 생애가 낯선 별자리로 갔다 평생 무명 저고리 하나로 강아지풀 스미다 쓸쓸하게 떠났다 바람 불 때마다 봉우리 하얗게 맺히는 강 물결이 망초꽃으로 출렁거리자 뒤란 장독대 밝히던 보름벌레가 먹감나무 이파리로 몸 가리누나

행상 다니던 엄니는 보름벌레 발자국 따라 빠른 걸음으로 고샅 돌아섰을 것이다 이마도 한 번 훔쳤을 것이다 엄니 오셨나 엄니 오셨나 강아지풀이 말방울 소리 그려 넣는 병풍산 쪽으로 엄니 손톱만 한 불덩어리 사선 그으며 사라진다

달 강

—호수에 와서는 얼굴 한번 슬쩍 비춰보는 거다 그러면 둥글게 말아쥔 호수는 쪽배 같은 나를 마당에 부려놓고 고라니 울음소리로 달 강 건너는 것이다

행상 나간 엄니는 오밤중 되어도 돌아오지 않아
나는 양칭이 길 처녀 귀신만 산다는 달 강 건넜네

무청밭 지나가는 짐승이 어린애 울음소리로 자지러지면
복숭아나무와 버드나무 가지가 목덜미 싸늘하게 핥고 갔네

고개 넘느라 이슬이 다 된 엄니 따라 걷는 달 강 길에는
망초꽃으로 쏟아져내린 별들이 기우뚱기우뚱 발등에 차이기도 했네

북바위

뜰팡 세워둔 서리태 부지깽이로 두들겨 툇마루 밀어놓고

살구나무집 들러 북어랑 막걸리 한 통 챙겨 털보네 뒷산 북바위 왔다

도라지밭에서 북채로 쓸 만한 못생긴 주먹돌도 하나 데리고 왔다

산턱 내려오는 저녁 바람이

목덜미 서늘하게 핥고 지나가며 산죽 부딪는 소리 냈다

어려서 죽은 누이동생이 엄마 하고 부르던 울음처럼 길었다

나는 북어를 서쪽에 두고 엄니처럼 북바위 앞에 앉아

텅 하고 돌을 치면 무너져내리는 듯 개운하였다

개울가 서리 묻은 꽃들도 지은 죄 씻어내는지

텅텅 가슴 치며 고요를 달래는 입동 무렵이다

여우

정월은 여우 출몰 잦은 달이라서 깊게 가라앉아 있다
저녁 참지 못한 대숲이 꼬리 흔들며 언덕 넘어가자
컹컹 개 짖는 소리 담장 깊숙이 스며들었다

이런 날 새벽에는 여우가 마당 한 바퀴 돌고
털갈이하듯 몸 털어 장독대 모여들기 시작하지
배가 나와 걱정인 장독은 옹기종기 숨만 쉬고 있었을지 몰라
여우는 골똘하게 새벽 기다리다
고욤나무 가지에도 신발 가지런한 댓돌에도
고리짝 두 개 서 있는 대청까지 들어와
바람을 토굴처럼 열어 세상 엿보고 있다

나는 칼바람 몰아치는 정월이면
문풍지 우는 소리 견디지 못해 밖으로 뛰쳐나갔다
그럴 때마다 화진포에서 왔다는 노파가 간자미회 버무려주는 집에서
며칠이고 머물다 돌아오곤 하였다

소나무가 한쪽 팔 잃고 먼 산 바라보는 것은
밤새 여우가 길 내어 올라간 북방 그리워하는 것
나는 북방 사내인 듯 여우 지나간 길 한참 바라보다
새벽밥 툭툭 털고 일어나 마당 나서면
흰 털 보송보송한 여우가 뽀드득뽀드득 소리 내어 따라
왔다

오늘처럼 솜눈이 푹푹 날리는 날이면
나는 어디를 급히 다녀와야 할 사람처럼
고욤나무 아래에서 여린 가지 바람 타는 소리로
꼬리만 남은 강변길 우두커니 바라본다
대숲도 따라나서고 싶은지
여우 지나간 길 흰 그림자 내어 굽어보고 있다

폭설

눈발 흩날리니
뒤란 앙상하게 서 있는
고욤나무가 핑경°처럼 울어요

저 새 좀 보세요
검은 족두리 썼나 봐요
부리는 붉은데 끝을 요렇게
요렇게 하고 부르는 노랫소리가
아쟁 켜는 듯해요
방문 열고 나온 엄니
요령이라도 흔들 것 같아요

마당에 벌판에 눈발 쌓여도
몸 일으켜 걸을 수 없어
점나무팅이 외돌아진 점집 앉아
푹푹 흩날리는 신세들 보듬던
엄니 무명치마 같아요
젯상 올린 고봉 메 같아요

° 워낭소리.

숫눈

댓잎 얼어붙은 뒤란 열어 장 뜨고 김치 한 보시기 담아 따끈한 반상 내어주면 나는 오종종 달라붙어 숟가락 달그락거리다 대숲이 뱉어내는 새 떼처럼 밖으로 뛰쳐나갔다

숫눈이 푹푹 쌓이는 날이면 버드나무 후리채 들고 콩새며 박새 까투리 사냥으로 하루 점두룩 밭둑 스미다 더깨진 빈손으로 들어오면 엄니는 하는 짓이 오째 꼭 늬 아부지냐 얼른 밥이나 먹어라 가마솥 습증기 속으로 사라졌다

오늘처럼 눈발 날리고 가죽나무 사이로 새 떼 날아오르면 곁을 내어준 어깨 조붓하고 허리 굽은 엄니라는 말 떠올라 들판 뛰쳐나갈 궁리로 휘어진 소나무 가지처럼 장꽝 노려보는데 대숲도 곁을 내어준 듯 컹컹 짖더니 크게 숨 몰아쉰다

바라실 미륵원지° 노을집

오늘은 생일이라서
엄니랑 툇마루 앉아 먼 산이라도 바라보고 싶어
보따리 하나 들고 기우뚱 쪽배 오르면
버드나무는 길게 늘어뜨린 머리카락 강물에 적시는구나
손끝 갈라진 절벽은 목매바위 넘어가고 있구나

시누대길 내려온 바람이 산빛 보듬어 강물에 부딪히기도 하지만
먼 데서 날아왔을 새들이 신산스럽게 살다간 툇마루 앉아
컴컴하게 흘러내리는 저녁 하늘이며 에돌아간 마당귀 아주까리 이파리에 말 걸면
밥 짓는 매운 연기 산문까지 지랄 나드이
아자씨 오시까 까막까치 아침부터 허천나게 짖어부렀내뷰
젊어 혼자된 목포내기 희수 엄니 담장 너머로 화답이다
나는 멋쩍게 웃고 아무도 없는 마당 한 바퀴 돌다
엄니가 발판으로 삼았을 맷돌에 핀 쑥부쟁이 바라보며 옛날처럼 피워보는데

엄니는 기둥 더듬어 부엌 불 켜고
찬장 올려둔 미역 한 주먹 꺼내 불릴 것이다
아욱밭 풀벌레는 마을 돌아나가는 강물 소리로 울고
새벽잠 많은 나는 돌아눕다 탁자 모서리에 찧은 이마 비비다 다시 잠들 것이고
아버지는 양철 대문 활짝 열어 마른기침 뱉고 계실 것이다
꿈결에 잠깐씩 다녀가는 장작 타는 소리와 도마질 소리와
달궈진 냄비에 미역 볶는 소리와 들기름 냄새 데리고 들어온
서늘한 바람에 콜록콜록 인기척 내면
엄니는 차가운 손등으로 얼굴 비벼 일어나라 콧등 주름 잡아 웃고 계실 것이다
그러면 나는 찡그린 눈으로 진저리 치다 다시 홑이불 둘둘 감을 테지만
등짝 얻어맞고 잘 떠지지 않는 눈으로 밥상머리 앉아 구운 고등어나 지범거리고 있을 것이다

나는 어느새 저 달이 떴다 질 나이라서
물소리밖에 들리지 않는 툇마루 앉아 엄니 가신 길 더듬

어보거늘

나처럼 늙어간 고욤나무나 무너져내린 대밭 길이나 장꽝이나

툇마루 한쪽으로 밀려 누추한 저녁 맞이하는 것인데

노을처럼 타오르던 한 사내로 살기까지

몇 번이고 쏟아냈을 엄니 울음소리는 오늘 밤 강물 소리로 출렁거린다

○ 대전광역시 동구 마산동에 있는 미륵원彌勒院 터. 미륵원은 서울에서 경상도·전라도로 통하는 교통의 요지에 설치한 고려·조선시대의 여관 중 하나.

제2부

詩

황톳길과
문간 살구나무와
토마토와 매운 고추와 가지와
오이 줄기 쩜매놓은 녹슨 철사와
서쪽으로 날아가는 검은 새와
향난재 고욤나무와
바람과 강물과 풀잎과
빗방울과 처마와 먹감나무와
헛간과 변소와 수국과
나와

사월

손바닥만 한 텃밭 놀고 있기에 대파 몇 뿌리 꽂아두었다

뜰팡에 벗어놓은 내 윗도리 닮은 이파리 보기 좋아 바라보기만 하였더니 나를 닮아 제멋대로다 아니다

보리밭 솟아오르는 검은 새와 송아지 머리 핥고 있는 어미소와
그걸 바라보며 흐뭇해하는 사월 바람으로 흩날리는 중이다

앵두가 익어가네

며칠 울다 나와 대청 건너려는데 삐걱삐걱 익은 마루 슬프기도 하지

마당에 쏟아놓은 흰 빛이 아무리 환한 얼굴로 쌀 씻어도 훌쩍훌쩍 눈물만 흐르지

정구지 키우던 뒤란도 먼 하늘 바라보며 어깨 들썩여 흐느낄 제

봄비

오시는 봄비는
또랑가 버들강아지 불러 내리고
장독대 노루귀 불러 내리고
수녀원 출신 김 아가다 불러 내리고
돌기와집 순행이 불러 내린다

소곤소곤 봄비는
내 울음 하나도 알아듣지 못해
한쪽 귀 손바닥 오목하게 하고
쥐눈이 방 대창살 가까이 내린다
입김 호호 불어 내린다

달가락지

유품 정리하는데 흔한 금붙이 하나 나오지 않는다
자랑이라고는 웃을 때 살짝 보이는 어금니 금이빨이 전부였는데
그것도 몇 해 전 틀니로 갈아 끼워 오물오물 평박골° 만드셨다

팔순에 손녀가 선물한 화장품도 새것으로 보아
바라만 보고 흡족해하셨나 보다
쪼그리고 앉아 호미질하는 것 좋아하시더니
꽃으로 돌아가고 싶은 것이었을까
귀퉁배기 깨진 밥그릇에 심은 꽃잔디가 마루까지 뻗어 있다

헌 옷가지며 먹다 남은 약봉지 태우다 물끄러미 장꽝 바라보니
남루를 기워 입어 한껏 차오른 달이 가락지인 양
고욤나무 빈 가지에 걸려 빠지지 않는다
무르팍에 얼마나 문질렀는지 반질반질하다

° 대전광역시 동구 추동에 위치한 개머리산 아래 평평한 계곡.

빈집

빈집은 무섭다
건넌방에는 굴왕신 살아 음산한 기운이다

멀리 내려다보이는 강 물결 이빨 드러내면
뒤란 흔드는 고욤나무 바람이 몸 우수수 턴다

나는 빈방 서성이며
매월당梅月堂을 명천鳴川을 역옹櫟翁을 생각하다
식은 문장 끌어안고 마당 나와
한 치 앞 읽을 수 없는 산죽 길 바라보는데

무엇 읽어냈는지 도둑괭이가
맨살 드러낸 굴바윗길 가로질러
병풍산 쪽으로 사라진다

구신도 이런 구신은 읎어

성주신 있다는 헛간 바라보면
서낭기 바닥까지 허리 꺾어 새벽달로 흔들린다

여수 바윗골

자귀나무 꽃이 도깨비불처럼 창호에 흔들리고 있는 것이어서
나는 마당으로 나와 헛간을 변소를 텃밭을 둘러보다
장꽝 옆으로 난 조붓한 대밭 길 따라 강 마을까지 왔다

지금은 깊은 밤이라서 개 짖는 소리보다
먼 데서 넘어왔을 빗소리 더욱 깊게 드러나
매어놓은 쪽배 곁에 물빛으로 출렁거리고 있는데
강 건너 여수 바윗골 징 소리 가뭇하게 들린다

누이는 차가운 마룻바닥에서
고깔 쓴 노파가 시키는 대로 삼배하고 있을 것이다
내세를 생각하다 북받치는 듯 흐느끼고 있을 것이다
나는 여수 바윗골 다녀온 날이면 온몸 힘 빠지고 불덩이 삼킨 듯 목 타올라
엄니 모시는 일에서 비켜나 뱃전 맴돌고 있다

어느 한 곳 온전히 정착하지 못하고
밖으로만 떠도는 내 쓸쓸함이나 외로움은

출렁거리는 물결 소리로 자란 억새나 쑥대와 같은 것이어서

오늘 밤은 신神할머니 댁 댓돌 적시는 빗소리로 운다

누이

외돌아진 청령 길 걸어
물 버들가지 출렁이는 아랫말
아득하게 멀어진 주막 자리 서면

해남이 아버지 육자배기
굽이굽이 물결 소리로 들리고
송 씨네 종산 넘어가는
옹기쟁이 지게목발 보이고
진숙 엄니 들밥 이고 가는
보리밭 길 보이고

바람 많은 날
옷고름도 수줍게 강 건너
매바위집 들어간 누이야
동남치 고개 노을치마 출렁거리면
자꾸 뒤돌아보고 손 흔들던
눈물 자국도 보인다 누이야
누이야

노을 강

눈물은 강물 같아서
슬픔이 울컥 나를 데리고 강으로 간다

영영 끝나지 않을 것 같던 사랑이
얼마나 외롭게 했는지 피 말리게 했는지
미쳐버리게 했는지
흩날리던 꽃잎도 강가에 와서는
또 한 번 뒤척이다 강물 소리로 돌아간다

덩어리째 떨어진 울음도
한쪽 다리 절며 서쪽으로 가고
텅 빈 방에서 노을 강 바라보는데
타다 남은 낮달이 흘러내린 이마가 벌렁거리는 심장이
다하지 못한 말처럼 훌쩍훌쩍 흘러간다

낙화

꽃 지는 것 보고 있자니
흩날리는 것 바라보고 있자니

부뜰네 시큼한 고샅
가죽나무 그늘 앉아
장구 치는 듯
물박 치는 듯
손가락 슬픈 주원네 같다

술상 보고 들어가
어린것들 허리춤 끼고
밥 한술 뜨고 있는 것 보니
연분홍 흐드러진 살구꽃 같다고 할까
시름겨운 토란대 같다고나 할까

해 질 무렵 원탁 앉아
술잔에 머리카락 적시다
꽃이 지면 같이 울던 엄니 보고 싶어
강바람 싸늘하게 봄비 내어 불러도
불러도 꿈쩍하지 않는다

어떤 저녁

더 이상 기댈 곳 없는 나는
청대밭 시울까지 올라온 울화를
바람벽 꽂아둔 낫자루 찾아 베어내다
어어떤 저녁 고욤나무 가지로 휘어지다

그래도 뚜하니 풀리지 않아
빗물받이 양푼이 끌어다 엎어놓고
두드렸다 폈다 두드렸다 폈다
무너진 돌담장 아래 바짝 붙어 앉아
어어떤 저녁 정구지꽃으로 피어

흐르는 눈물일랑은 가슴 켠 묻어두고
파밭까지 따라와 보채는 봄비랑 건너보자고
접때 건너가 돌아오지 않는 엄니처럼
어부동° 샛강 건너나 보자고

° 충청북도 보은군 사음리에 있는 지명.

가을밤

풀벌레 울음 가슴을 찢는 밤이다
먹감나무 이파리가 먼 길 다녀온 듯
툇마루 내려앉으며 적막을 깬다

나는 바람벽 비스듬히 기대어
안방 바라보는데
한숨인 듯 앓는 소리인 듯
가쁘게 몰아쉬던 숨소리도 없이
텅 빈 방이
컴컴하게 뚫어놓은 굴속 같다

나지막이 엄마 하고 부르니
아랫목 깔아놓은 이불이
자다 꿈을 꾼 듯
누구여 애비여 언제 들어온겨
아이고 깜짝 놀랐네
또 꿈속으로 들어간 듯 찌푸린 미간으로
고욤나무 가지 걸린 달이 노랗게 익어간다

나는 컴컴한 빈방 향하여
엄마 하고 부르면
엄마는 바람벽에서 내려다보기만 할 뿐
아무 말 하지 않는다
내가 다시 엄마 하고 부르니
텃밭 풀벌레가 나를 따라 하는 듯
엄마 하고 우는 밤이다

강

강물은 얼었다 녹았다 흘러만 갔던 거죠

하던 말 또 하고
하던 말 또 하고 얼마나 재미없었겠어요

그래서 복숭아나무는 겨우내 편지를 썼던 거예요

그걸 알고 소소리바람이 전해주었는데
강은 밤을 건너며 엎치락뒤치락 물결 소리 만들었다지
뭐예요

첫사랑

버드나무 길에는
내가 어릴 적 숨겨놓은
저수지 있다

아직 꺼내 읽어보지 못한
첫사랑인데
그이도 하얗게 익었겠다
아직 기다리고 있겠다

저수지 퍼내는 일은
나를 단박에 쏟아놓는 일
다시 돌아오지 못할
애미고개° 넘어가는 일

궁금한 새들이 쪽 찐 머리로
물결 톡 치고 오르는 것은
나를 두고 떠나지 못한 저수지 때문이리라
땟물 쏙 빠진 봄비 때문이리라

° 대전광역시 동구 추동에 위치한 고개 이름으로 상여가 나갈 때 애미고개에 이르러서는 슬픔도 끝내야 한다 하여 붙여진 이름.

낮달

기성회비 내지 못해

교실에서 쫓겨나

담벼락 따라 걸을 때였어요

햇살은 운동장 가득 적막했는데요

나를 닮은 반쪽짜리 낮달

재도 기성회비 내지 못했는지

걸을 때마다 따라왔어요

한 걸음 두 걸음 삽작거리까지 따라왔어요

속초

속초는 늦은 밤 도착해야 하네
늦가을 비 오시는 날
옛날 애인이 원탁 앉아 졸고 있을 무렵
우산도 없이 드르륵 들창 들어서면
불 끄려다 깜짝 놀라 어깨 툭툭 치며
오쩐 일여 이 밤에 여기까지 오게
핀잔이면서도 도루묵 한 손 구워내네

나는 흩날리는 가랑잎처럼 곧 일어설 것이네만
소주 한 병 비틀어 마시고 영금정 가자
영금정 파도 보러 가자 영금정 가네
영금정 바라보면 바람도 가슴 풀어헤치고
코끝이 벌건 빗소리 긋네

속초 밤바다는 차가워
웅크린 검은 물결이 마지막 길 내어주네
속초는 내어줄 것 다 내어주고
나와 같이 쓸쓸하기만 하네

동백

오곡 분간 못 하고
천 리나 먼 길 따라온 타관
엄니처럼 허리 굽은 아줌니 내오신
세 첩 꽃무늬 쟁반 청국장 끓고
눈은 푹푹 쌓인다

어디로 가야 하나

떡시루 같은 지붕 바라보며
구두끈 고쳐 매고 일어서려는데
흙바람 벽 기대어 어여 가 어여 가라고
발등에 덩어리째 떨어지는 꽃
몸 꽃

망종

왼종일 그늘만 내리는 개머리산 아래 묵혀둔 땅 있어 이빠진 접시만두 뭇헌 땅 여남은 평 있어 볼 때마다 저걸 오따 써 오따 써 고민허다 명과나무 걷어내구 할아버지 뫼신 펀던° 내려온 칡뿌리 캐내구 주먹 덩어리만 헌 돌막 주워내구 흑징이 빌려다 갈아엎어 골짜기 내려오는 물 가둬 바라보구 있응게

찰랑찰랑헌 것이 고요를 담은 구름두 쉬어 가구 미루나무는 제 모습 비춰 깔깔거리구 경칩이 새끼는 즤 엄니랑 마주 앉어 목울대 터져 닭우리벼° 몇 포기 꽂어놓으면 서리 물고 찾어온 기러기 떼 맞이허기 좋겄다

빠꾸네 논두렁 찾어가 모 둬 판 읃어다 꽂는디 그려두 줄은 골라야지 대나무 줏어다 띄워 모를 꽂는디 하나 꽂을 때마다 검은 산 뻐꾹새는 뻐꾹

나두야 뻐어 꾹

° 마을 앞 펀펀한 들판.

° 벼 중 올벼에 속하며 빨리 익는다 하여 붙여진 이름.

오늘만 같고

조선 낫 같고 해적 칼 같고 송편 같고 활 같고 쇠스랑 같고 얼룩빼기 뿔 같고 눈썹 같고 지긋이 웃던 눈 같고 넘어져 깨진 이빨 같고 손톱 같고 뒤꿈치에서 뜯어낸 각질 같고 펴지지 않는 손가락 같고 벌벌벌 떨다 잘못 찍어준 차용증 도장 같고 휘돌아 나간 강줄기 같고 버선코 같고 모로 누워 앓고 계신 엄니 굽은 등 같고 소 몰고 무당골 컴컴한 굴속 빠져나와 마주친 노을 같고 봉분에 휘어져 흔들리는 강아지풀 같고 소복 같고 웽뎅그렁 핑경 같고 칠성단에서 바라본 그믐달 같고 목하目下 오늘만 같고

해남 윤씨네 골방에 누워

빗길 철벅거리며 어디를 다녀오려 나선 것 아니지만
누가 급히 보자 하여 소주잔 기울이려 한 것도 아니어서
역 대합실 우두커니 앉아 열차 시간 바라보고 있으면
옆집 아주머니 친정 다녀오시는 듯 가시리며 곱창김이며 마른 박대 싸들고
비 온디 어딜 가시라 섬 같은 나를 오종종 걸어 나가며 아는 척이다

목포 앞바다 통통배 소리 여전하겠지
돛 좇아 날갯짓하던 갈매기 붉은 주둥이 생각하다
탑립° 굴뱅이 잡는 재미로 살아가는 어르신 뵐 면목으로 열차 오르면
빗소리 거품 물고 차창에 부서지는구나
나를 빗소리로 몰아넣던 사람들 하나둘 비켜서는구나
산다는 것은 가슴에 못 하나 박는 일이라서
삼경 즈음 동령개° 지나온 가난한 입술 닦아내고
소라며 고둥이며 전복이 전하는 바다 울음 들으며 훌쩍거리다
굴뱅이 살로 얼큰해지면 어르신네 작은며느리

·

사르락 사르락 비자나무 이파리 부딪는 소리로 자리를 편다

따끈하게 데워진 방바닥 목침 끌어다 천장 바라보며
외롭게 떠도는 내 서러운 사정이나 문학이라는 쓸쓸함이나
웃고 떠들던 벗들 생각에 골똘하다 소반처럼 네모난 쪽창 향해 모로 누우면
비바람 쓸고 간 마당 켠 갯무꽃이 위로라도 하는 듯 몸 바르르 턴다

나는 엄니 보내드리며 한때 벗으로 삼았던 사람들 멀리하고
여귀산° 아래 해남 윤씨네 골방에 누워 파도가 끌어 올렸다 뱉어내는 몽돌 소리 듣고 있다
내가 살아가는 일은 하도나 강퍅하여 이불짝 같은 해무 끌어다 덮으면
술 한 모금 넘기고 견딜 수 없는 뜨끈한 것에 끌린 듯
아침 가르는 갈매기 울음소리로 가슴에 맺힌 것들 쉽게

사를 수 있어

오늘은 비자나무 그늘이라도 끼룩끼룩 풀어놓을 수 있겠다

◦ 전라남도 진도군 임회면 죽림리에 있는 마을.

◦ 전라남도 진도군 임회면 굴포리의 한 지명.

◦ 전라남도 진도군 임회면 용호리에 있는 산.

제3부

삭망

가뭇없이 취해설랑은 바람벽 기대 수구리구 있다
함께 따러온 장승이 눕 안달 나 자꾸 보채먼
가만있어 봐 내가 저 꿈틀 돌아눕는 별자리 강 물결 두구 오디를 간다뉘

소주 둬 병 더 마시구 갱변 버드나무처럼 머리카락 적시는디
쥔장 어린 딸이 나처럼 반쯤 감긴 눈으로 꼬라질 듯 나와
엄마 우리는 온제 잘 껴 칭얼거리기에
일어나 바라보다 울컥 서러워져 눈물 쏟아내구 엎더지며

물소리뿐인 컴컴한 시상 뒤로허구 강물은 나를 두구 근너간 보리밭이라
한 잔 더 안 헐 수 있나 버드나무 기대 한 곡조 뽑아보는디

장승아 술 받으러 간 땅개 오째 오지를 않늬 다 늙어빠진 땅개야 언능 저 강 근너오늬라 근너와서 옛날처럼 갱변 앉어 또 한 잔 나누다 춤이라도 춰야 원두 풀리구 헐 긋인

디 땅개 근너가 영영 오지 않는 갱변 어여 오늬라 구신아 구
신아

겨울밤

초저녁만 되어도
불 꺼지는 산중마을입니다

산고랑 내려온 바람이
고욤나무 아래 마른 눈 쓸고 가거나
엄니가 켜놓은 얼굴 흔들리거나
처마 끝 매어놓은 빨랫줄 윙윙거리면
도둑괭이 헛간 세워둔 고무래 건드렸나
개들이 컹컹 짖기도 합니다

아버지처럼 늙어간 나는
텔레비전 화면이나 멀뚱거리다
밀어둔 양재기 더듬어 호두알 깨물면
마른 손가락 같은 밤이 슬플 때 있습니다
댓돌 가지런한 신발처럼 쓸쓸할 때 있습니다
시한이까지만 살기로 한 통나무집 정짓간에서
각시는 마른 북어라도 두드리는지
텅텅 바람벽 울리기도 하는 겨울밤입니다

엄니

영뵉이 아버지 일흔 넘기고 애미고개 넘어가자 먹감나무 아래 키질이던 엄니 알고 계셨다는 듯 절집 올라가 참나무 장작 쌓아 불 놓으셨다

천복 씨 엄니 며느리랑 싸우고 옥천까지 걸어가 느티나무에서 영영 내려오지 않자 이랑이랑 배추 모종에 거름 내던 엄니 그럴 줄 알았다는 듯 머릿수건 벗어 허리춤 탑세기 탁탁 털어내셨다

집 너머 골 오두막 살던 당고모가 백중날 아침 바람벽 그려 넣은 국화꽃으로 떠나자 점심으로 먹으려 애호박 부침개 하던 엄니 도도도도마질 서두르셨다

댓잎이 싸락눈 받아내는 저녁 무렵이었을까 구렁 내려온 바람이 사나운 짐승 소리로 울다 문풍지로 고요를 달랠 무렵이었을까 큰할머니 뵙고 오신 엄니가 머리 풀자 온 집안이 그렁그렁하였다

벚꽃 설렁탕

아흔다섯 되신 날맹이집 할머니
휠체어 앉아 설렁탕 한 숟가락 뜨시는디
놋숟가락 쥔 손 덜덜덜 떨면서
입으로 가져가지 못하고 자꾸만 턱으로 흘립니다

그걸 가만 보고 계시던 아흔하나 울 엄니
밥 한술 뜨시고 엄지손톱만 헌 깍뚜기 밀어 늫어
한참 오물거리다 밥그릇 뚜껑에 뱉어놓고
아이구 저렇게 되지 않을랴면 빨리 가야는디
애덜 고생시키지 말구 빨리 돌아가야 허는디

아이구 누가 들으면 오쩔랴구 그려어
언니두 시방 저려 언니두 저렇다니께
깍뚜기 안 깨물어져 틀니는 어따 놓구 왔어
말아서라두 드셔 언능 들기나 허셔
날모레 팔순이신 이모가 안달 나 밥 한 그릇 말아 넣는디
수리먹은° 소리로 말어 넣는디

벚꽃이 뚝배기 속으로 호호호 흩날립니다
나도 모른 척 벚꽃 설렁탕 한 그릇 말어봅니다

ㅇ 쉰 듯한 컬컬한 목소리를 내는 판소리 창법인 수리성을 뜻함.

사랑가

딱히 갈 디두 마땅찮구 눈발까지 날려 애개미까지 걸어가 모리미° 한 주전자 받어와 짐장 김치를 손으루 쭉쭉 찢어 군고구마랑 한잔허는디

말읎이 나간 각시 팽나무집이서 해 떨어지기만 기둘리구 있었나 어둑어둑혀지니 대문 열리는 소리 들려 엊그러께 생명 은은 오양간 점백이 즤 엄니 뮛등 같은 젖통 들이받다 메 허구 우는 눈망울루 문간 바라보구 닭 보듯 허자 깔짱은 끼구 털신 끄는 소리 내며 한마디 되아내는디 되아내는디

이보씨요 내 속을 그케 긁어놓구 한잔헝게 맴이 펜허요 시상 여자덜이 다 이뻐 보이구 그라요 나는 마리요이 당신 어거지 쓸 때면 기가 개골창으루 죄 빠져나가는 것 같구 시상 남정덜이 다 꼴두 뵈기 싫다 그 말이요 이짝으루 나와 봇씨요 나두 정신 줌 나게 한잔혀 볼랑게

엉덩이 밀어 놓는디 굳이 조붓한 소두방 뚜껑 곁으루 찡겨 앉는디

○ 물을 조금도 섞지 않은 술인 '전내기'의 충청·경상 방언.

콩꼬투리

초상집에서 이틀 밤 꼬박 새워
삼거리집 소금 한 주먹 읃어 뿌리구
마늘밭 들러 대문 들어서는디

해끗해끗 눈발 날려
장승이네 담장 기웃거리다
땅개네 대문 흔들어보다
빠꾸는 마누라헌티 꽉 붙들려
꿈쩍허지 뭇허나 댓잎만 흔들린다

봉창이 손 집어늫구
갱변이나 한 바퀴 돌아볼까 모퉁이 돌아서니
고라니란 녀석 얼어붙은 호수 뛰어들어
온몸으로 시 짓구 있구나
얼음은 그걸 다 받아내느라 꾸룽
꾸루룽 엄살이구나

중모리 길 지나며
옜다 콩꼬투리 한 주먹 던져주니

고라니 녀석 간신히 빠져나와

너럭바위 아래 시 한 편 내려놓구 줄행랑이다

김 모락모락 오른다

오늘은 비

아침 겸 즘심을 짜장면이랑 쏘주로 때우고 있는디 옆자리에서 탕수육 노나 먹던 홍안의 여자아이 둘이 주뼛주뼛 허더니 저어 아저씨예 담배 있으모 두 까치만 주이소

나헌티 허는 소리는 아니겄제 면발에 고춧가루 뿌려 길게 끌어 올리는디 쏘주도 한 잔 털어 넣으려 허는디 아저씨예 으이 담배 있으면 돌라구 예에 있으모 두 까치만 주이소 허는디 금방이라두 눈물 쏟아낼 것 같은 내 어릴 적 닮은 미간과 깊게 파인 간절헌 인중 어찌나 슬퍼 보이던지 엄지와 검지 사이에 낀 소주잔까지 덜덜덜 떨리면서

쿵쿵 느그 아부지 머 허시노 물으니 울 아부지예 씨진뻥인데예 와예 아래위 훑어보다 팽 허니 튕기 나간다 창밖에 비는 내리는디

밥

산동네 겨울은 낮이 짧아요
점심 먹고 장작 조금 패면 금방 어두워져요

대밭에 눈발 해끗해끗 날리기에
자작나무 숯불 끌어모아
곱창김 몇 장 구웠는데 밥이 없네요
각시랑 얼굴만 바라보다 냄비밥 얹어놨어요

내가 살아가는 일은
따뜻한 밥 한 그릇 지어내는 일이라서
목청 높이기도 해요
저녁 지으려 분주히 날아다니는 새 떼 좀 보세요
재들도 따뜻한 밥 한 그릇 지어내려
일필휘지 휘두르고 있네요

밥 타는 냄새가 나는데 조금 더 두기로 했어요
장꽝 쌓이는 눈발이 너울너울 즐거운 날에는
맨으로 뜯어 먹는 누룽지 맛도 괜찮더라고요
고구마도 몇 개 묻어두었어요

살림 1

딱 이맘때였을 게라우 뽀리뱅이° 볼 만허다 허여 땅개랑 짜구 데리구 펀던 들어가설랑은 꽃두 보구 이파리두 들썩거려 보구 허리까지 차오른 보릿대춤두 춰보다 새챙이집 들어가 묵사발 시켜놓구 묵 하나 집는디

묵이란 눔 어찌나 지름챙이 같은지 요리조리 우르르르 몰려댕겨 한 볼테기 집어놓을랴먼 절집 남사당패 끌려 나오드키 허는디 이눔은 북 치구 나오구 저눔은 장구 치구 나오구 그눔은 징 치구 나오구 피다 만 눔은 꽹가리 두드리매 방바닥 줄을 골라 젓가락질로는 택두 읎는지라 숟가락으루 퍼놓다 인자 걷어붙이구 맨손으루 빨아놓다

소주랑 밴댕이 조림두 시켜 오지게 먹구 게우구 지랄 났었어라우

오늘은 새벽부터 이실갱이 내리는 들판 시 짓는 모습 바라보구 있응게 주둥이 뿌우연 소냥구 꽃놀이 가자 잡어끄는 것 가텨 앉었다 일어섰다 대추낭구 걸린 비닐봉다리까

지 날기 공부를 허는디

　으이으이

ㅇ　쌍떡잎식물 초롱꽃목 국화과의 두해살이풀.

살림 2

바람이 뼛속까지 파고들어 오디 돌아댕기기두 으설퍼 문지방 옆댕이 오그리구 앉어 문풍지 우는 소리 들으매 손장단이나 맞추구 있는디 마실 갔다 오종종 들어오던 각시 뜰팡이 엎어놓은 양재기 꽁무니바람에 굴러가다 바람벽 부딪혀 찌그러지는 소리루 한마디 되아내는디 봄은 허세여 꼭 우리 집 바깥냥반 가텨 쥐뿔이나 향기두 읎는 긋이 요란 떨기는 아이구 춰 아이구 그라더니 깔짱 낀 손 풀기두 구찮다는 듯 물소리 들은 거우 새끼 모냥으로 주억거리매 돈이나 있으먼 몇 푼 끄내보슈 시한이 메주 매달아놓구 항아리 읎어 떼지 못허구 있는디 이러다 잘허먼 장마 지겄수 요즘은 오디 또랑 치러 오라는 디두 읎슈 가끔 마 넌짜리두 찔러주구 하더먼 오째 그런 것두 하나 읎능규 술이나 마시구 댕기지 말덩가 요새는 허구헌 날 방구석 틀어벡혀 꿈쩍 않구 있던디 오디 돈 나올 구녁이라두 있기나 헌 거슈 팔자 고쳐준다매 그 늘어질 팔자 고쳐줄 돈 온제 벌어다 줄랴구 뒹굴뒹굴이요 으이으이 쥐 잡듯 허다 되똥거리매 내 우아기 집어 드는 것인디

살림 3

슬 명절 철질허는[o] 중인디 애가 배고파 칭얼거리기에 부뚜막 앞이서 동태전 부치다 말구 돌아앉어 젖 물렸다구 작은엄니가 글씨 작은엄니가 부정 탄다매 부지깽이루 때리구 머리끄덩이 잡어 아궁이 쪽으루 떠대밀어 어린긋이 소두방 모서리에 이마 쪄 피가 철철 나는디 쳐다만 보고 있더랑게유 봐유 야가 커서 으른 다 되야부렀는디 이마빡에 뜬그믐달 같은 상처 그대루 남어 있는 거 봐유 봐유 못내 서러워 까막까치가 가죽나무 주위를 갸악 갸악 맴돈다는 전설 남아 있는 집 마루턱 앉아 오늘은 바람에 흔들리는 대숲이 되어보기도 하는 것입니다

---

o 솥뚜껑 모양의 무쇠 그릇에 기름을 두르고 전병, 부침개, 누름적 등을 부치는 행위.

살림 4

아무리 치워두 표 나지 않는 집 안 청소허다 하두나 구찮여 로봇 청소기 하나 들였슈 달챙이 숟가락만 헌 전원 눌러놓응게 일러루 절러루 돌아댕기매 먼지구 송홧가루구 왼갖 탑세기 깨깟이 쓸구 닦구 훔치구 난세간웅 기특허여 곁에 놓구 흠집이라두 날까 금이야 옥이야 기르는디

오늘은 퇴근허여 집에 들어와 봉게 들어와 떡허니 방문 열어봉게 구린네 천지 진동허는 것 아니겼슈 마룻바닥 딜여다봉게 번들번들 부엌 바닥 딜여다봉게 번들번들 안방 건넌방 개똥칠루 번들번들허여 콧구녁 벌렁거리매 생각혀보니 청소허그라 전원 눌러놓구 출근혔는디 요요 요망헌 긋이 똥판까지 밀구 올라가 개똥 한 무데기 물구 쬥일 구석구석 개똥칠루 되베를 해놓 거 아니겼슈

팔 걷어부치구 쪼골티구 앉어 수세미루 닦다 물걸레질허구 마른걸레질허다 물걸레질허구 봉당마루 앉어 늦은 저녁 먹는디 꾸역꾸역 밀어 넣는디 구만리 서쪽 하늘두 오늘 하루 너무 급히 넹겼나 마당가 싸질러놓은 누런 똥이 한 무데기라 물끄러미 바라보구 있응게 이긋이 시상 고요허

니 잘 익은 가을밤 아니구 무엇이겠슈 그리허여 살강 밑 술동이 끌어안구 나와설랑은

살림 5

오늘이 엄니 지삿날인디 부처님오신날이라구 작약이구 이팝나무구 전봇대구 꽃은 펴 흐드러지는디 각시헌티 꼭 붙들려 닭 삶구 산적 부치구 도라지 치대구 양손 궁굴려 동그랑땡 맹글구 아참 숙주나물 빠졌네 줄포네 뛰어가 숙주나물 사 오구

반서갱동 두동미서 감 놔라 배 놔라 강신허구 유식허구 음복허는디 괴기 맛본 지 오래라 산적에 자꾸 손이 가구 조기 살 짭쪼롬허니 좋구 생전 젓가락질 한 번 않던 숙주나물두 맛나구 도라지에 시금치에 젯밥 미어터지는디 칼칼헌 짠지로 입가심허면 좋겄다

이보씨요 각시 당신 좋아허는 사랑채 짠지 좀 끄내다 주면 오늘밤이는 내 죽어두 여한이 읎겄소 허니 노려보다 일어서는디 끙 허구 일어서는디 남새밭 담배상추두 힘껏 기지개던디 상추쌈두 씻어다 디리까유 장단 맞춰 그라먼 좋제 고개 끄덕이니 호랭이 물어 가네 엄니 가신 지 메칠 됐다구 상추쌈으루 미어터지겄다는 긋이여 엄니 보면 퍽이나 좋아허시겄수 쯧쯧

새벽

아무리 읽어도 넘어가지 않는 책장 만지작거리다 일어난 새벽이다

컴컴한 마당에는 소나무 숲 지나온 바람이 몸 부르르 털고
마을 돌아나가는 강물이 밤새 읽은 구절 한 줄도 생각나지 않는다는 듯 중얼중얼 흘러간다
부엌문은 부엌문대로 들락거리고
은행나무는 은행나무대로 흩날리고
마당은 아직 읽어야 할 책장 많이 남아 있는데
여기까지 읽을 양인지 살얼음 불러내어 은행잎 한 장 꽂아두었다

뒤란 쓸고 가던 손돌바람이 돌계단 앉아
손가락으로 한 땀 한 땀 짚어가며 읽는 진눈깨비 바라보다
헛간 뛰어들어 덧배기춤으로 머리 조아리다 잠잠해지는 오두막이다

이 몸이여 홀로 살아가는구나°

나는 이제 빨랫줄에 해지고 구멍 난 셔츠로 걸려 있다
바람 들락거리기 좋았으니 풀 먹은 베옷처럼 얼어
앙상한 갈비뼈 자리 훤히 들여다보이는구나
이장하는 목사공파 7세조 유골처럼 고스란하구나
할아버지도 손 닿지 않는 등허리 쪽 가려웠으리라
친정 간 각시처럼 할머니 계시지 않아
오동나무 둥치 기대 긁적이고 있었으리라
이 몸 벗어 걸쳐두고 며칠 술잔 속 세상 떠돌다 돌아와
맨몸 다 드러낸 푸댓자루로 널브러져 술 몸살 앓다
솜눈이 푹푹 쌓일 것 같은 산초나무 바라보니
저이도 며칠 어디를 다녀왔는지 찬물 들이켜는 신음소리로 스러진다

° 고려가요 〈동동〉에서 따옴.

첫눈이 해끗해끗

허는 일마다 어쭙잖은 흉내로 썩 마음 내키지 않았던지
오늘은 지난가을 독사골 들어가 주워 온
밤톨 몇 개 던져주더니
이거나 콩댓불에 구워 오뉘라
흘끔 바라보구 소죽 끓는 가마솥
아궁이 앞에 한쪽 몸뚱이 구겨 넣구
콩댓불 호호 불어 밤톨 도닥거려 놨다

저녁은 어스름허여 기둥 매달려
국수라도 미는 듯 서까래 쪽으로
꼬랑지 길게 빼고 두엄밭 헤집던 달구 새끼도
즤 집 들어가려다 정짓문 앞에 홰 치는디
또 한 번 치는디

엄니 머릿수건 쓰고 개숫물 비우려
수챗구녁 앞으로 한 발 딛으려 헐 제
미나리꽝 지나던 수수목 바람도
모가지 쑥 빼고 뜰팡 오르려 헐 제

세밑

세밑 앉아 되짚어보니
내가 잘할 수 있는 일 하나 없구나

가으내 도리깨질이던 바지랑대는
밥할 때 넣어 먹어라 서리태 한 줌 쥐여주고
손톱 까매지도록 깻잎 따던 당골네 소쿠리는
손주 업고 삽작거리 돌며 자부랑거리고
모퉁이집 황 보살은 막걸리 한 통 들고
한사코 마루 앉아 꼭다리 비트는디
나는 밥 한 그릇 지어낼 수 없구나
텃밭 뒤적거려 겉절이 버무려낼 재주 없구나

울타리까지 올라온 매화나무가
바람 소리로 바닥까지 휘어져 지팡이라도 쥐여주려니
가만 보고만 있는 것도 도와주는 것잉게
저쪽 돌막 옆댕이 서 있기나 허랑게
쪽창에 핀잔기침 한마디 찍는다
냉갈° 든 방 숨소리 나직하다

° '연기煙氣'의 충청 · 전라 방언.

연대기

강물이 무명의 종이처럼
버드나무 가지 매달린 헝겊처럼
칼빛으로 출렁거린다

지난겨울에는 물결 소리 견디지 못한 강물 다 얼어붙었다
며칠 전에는 매바위 넘던 노을이 얼마나 힘들었는지
머릿수건 고이 풀어놓고 물살 건너갔다
산작약은 또 무슨 억울한 사정 있어 싸락비 불러내어 이마 쿵쿵 찧고 있는가
봉분 옆으로 양단 마름이나 끊어다 입힌 듯 할미꽃 고개 끄덕인다

나는 아버지가 매어놓은 뱃머리 마을 살면서
달빛이며 꿩이며 풀잎의 서러운 얘기 다 들어주었다
오늘 밤에는 강물이 남은 신세 다 털어놓는 듯 너울너울 흘러간다

혼자 사는 즐거움

1

어제는 말 한마디 하지 않고 계곡 물소리 들으며 한나절 보냈네
사람이 사람 피해 산다는 것은 얼마나 즐거운 일인가
구렁에서 내려온 침엽의 바람이 말 건넸네만 적막 소리 듣기 좋아 바라만 보고 있었네
혼자 사는 즐거움에 밥 먹는 것도 잊고 이틀 굶었네
처마 끝 매달아놓아 꾸덕꾸덕해진 고등어 한 손 잡아
말린 고사리랑 넣고 화롯불 올려놓으려다 문밖 나섰네
조금만 내려가면 진흙 살 천장 매달아놓고 끊어주는 굴바위집 있네
솜씨 좋은 노파가 겨우내 소금에 절여놓은 한숨살인데
한 조각 베어 물면 지금 죽어도 여한이 없지
한 볼테기 끊어 장작불에 올려놓으려던 참인데 문 닫았지 뭔가
상수리나무 타고 오른 칡뿌리 꺼내 구워 먹으며 사흘 견디고 있네만
입에서 별이 씹히고 달 비린내 올라와 호숫가 앉아 출렁

거리고 있네

2

아래무팅이 들어서자 컴컴한 대문이 말을 걸고 싸늘하게 식은 흙 마당이 말을 걸고 발목 끊은 장화가 말을 걸고 모퉁이 찌그러진 개 밥그릇이 말을 걸고 자작자작 마른 불길 세운 장작이 말을 걸고 마늘밭에 켠 구절초가 말을 걸고 매운 볕 빻던 도굿대가 말을 걸고 댓돌 가지런한 고무신이 말을 걸고 끙 하고 올라서는 대청이 말을 걸고 엄니 변소 다녀오셨나 손전등이 말을 걸고 보리차 끓이는 주전자가 말을 걸고 옆에서 꽈리 부는 된장찌개가 말을 걸고 한쪽 다리 짧은 대나무 소반이 말을 걸고 대가리 잘라놓은 묵은지가 말을 걸고 입맛 잃은 국자가 말을 걸고 누룽갱이 긁다 이빨 다 빠진 달챙이 숟가락이 말을 걸고 오이 먹은 비누가 말을 걸고 기대앉은 바람벽이 말을 걸고 칫칫칫칫 밥솥이 말을 걸고 주발에 핀 햅쌀 버섯이 말을 건다

3

입 가리고 피는 새품 보러 호숫가 왔습니다
옆집 혼자 사는 은행잎이 돌계단 앉아 풍장인 듯 바람 풀어놓고 있습니다
소나무가 호수 건너려 반쯤 눈 감고 냇물 소리로 흔들리자
혼자 피는 꽃들이 달을 담은 호수의 마음인 듯 비탈 산 품습니다
혼자 사는 즐거움은 얼마나 다정합니까 말하지 않은 말들은 또 얼마나 아름답습니까
흩날리는 외투 깃 바라보며 중얼거리는데
가늘고 긴 나룻배 허리께 긁으며 한마디 합니다

너무 멀리 떠내려왔어

길손

헐거워진 꼭지 틈타
한밤중 문 두드리는 소리

재들도 엄니 보고 싶었던 게지
그렇지 않고서야 오티게 우산도 읎이 여기까지 왔겠어
이 밤 문 두들기는 손은 얼마나 다급헌 길손이겠어
엄니는 일 년 전 떠났다지 뭐니
나무로 돌아갔어도 벌써 돌아갈 시간이겠지

꼭지야 개수대 앉어 그만 훌쩍거리구 엄니 오셨나 삽작거리 나가 보그라 비 그치구 보름달 장독대 환하거든 먹감나무 이파리로 오신댔거든

눈 어두워 귀뚜라미 짚고 오신댔어
어치도 데리고 오시려는지 모르겄다

붉은 포도밭

여기서부터 겨울이다

강물이 소용돌이치며 빛 그림 그리려 할 때
나는 귀 씻고 눈 부비며 산중마을 들어왔다

입김을 매운 연기처럼 뿜어내는 황톳길이
배추밭 지나 내가 묵을 처소까지 따라왔다
방 안은 온통 나비로 가득 차 있었는데
바람벽 흐르는 계곡물이 수런거림도 없이 흘렀다

하늘이 붉게 익어 포도밭 쪽으로 기울자
내가 따라 들어갈 수 없는 마을 붉나무에서 가늘고 긴 쇳소리 들린다
꿩도 고라니도 기러기도 뒤를 한참 돌아보다 빠르게 검은 쇳소리로 들어갔다

| 해설 |

겨울의 송가에서 봄의 예감으로
— 육근상 네 번째 시집 『여우』론

방민호(문학평론가, 서울대 국문과 교수)

1.

솔출판사에서 육근상 시인 시집을 벌써 네 번째 펴낸다. 이번에는 필자에게 짧은 글을 보태보라는 말씀이시다.

일이 간단치 않다. 『절창』이 2013년 1월, 『만개』가 2016년 11월, 『우술 필담』이 2018년 9월이다. 시집이 이미 많이 쌓였다. 새로 나오는 시집에 글을 붙이려니 그동안 사연이며 내력이 만만치 않다.

원고를 들고 다닌 지 여러 날, 답답한 마음에 지난 시집들부터 차례차례 새김질해본다. 이러한 작업 끝에 육근상 시인의 네 번째 시집 원고를 일별하며 필자는 이 시인의 시적 실험 과정이 얼마나 끈질긴 것이었는지 새삼스럽게 실감한다.

『절창』에서 「징」이며 「북」이며, 「방우리」, 「가을 칸나」, 「천개동 시편」들에서 "말을 아끼고 삼가는 사람"(권덕하, 「절창 없는 삶이 어디 있으랴」)으로서의 진면목을 보여준 육 시인은, 『만개』에 이르러 「쉰일곱이로되」, 「아래무팅이 할머니」, 「어부동」, 「입동」, 「검은 하늘」 등에서 본격적으로 '고향' 세계에 뿌리내리고 살아가는 사람들의 삶을 시로 옮겨놓기 시작했다. 이 시들은 이제 『우술 필담』이라는 고풍스럽기 짝이 없는 이름의 시집에 이르러 대전하고도 옛날 회덕이라 불리던 '우술' 사람들, 마을들에 대한 '찐' 구어체 송가로 피어나기에 이르는데, 이 시집에 불어넣어진 시인의 공력은 이루 말할 수 없다.

한 편 한 편이 그렇게 귀할 수 없는 이 시들의 이름은, '점나무팅이', '가래울', '은골', '고용골', '홍징이', '독골', '비름들', '절골', '파고티', '느래', '긴속골', '죽말', '쓴뱅이들', '늘골', '잔개울', '부수골', '세챙이', '동산고개', '마들', '사심이골', '방축골', '줄뫼', '방아실', '애미고개', '사러리', '한절', '녹사래골', '호미고개', '청중날맹이', '고무실', '양구례', '길치고개', '밤실', '갓점' 같은 것들이다.

한문으로 옮겨 적은 땅 이름이나, 일제 때 변질된 말로는 도대체가 이해될 수도, 전달될 수도 없는 이 숱한 마을, 고개, 들판 같은 이름들이 이 시집에서는 떡하니 이 '서교시사詩社' 사람들이 생각하는 '찐' 역사의 중심 무대 역할을 하는가 하면, 여기 깃들여 살아가는 사람들, 옛날 같으면 이돈

화의 『천도교 창건사』에 나오는 동학병들의 이름 한 쪽만큼도 남지 않을 '땅의 사람들'이 저마다 자신들의 삶의 사연을 품에 안고 이 '이야기 시'의 주인공 역할을 한다.

육 시인은 이 『우술 필담』에 수록된 시들을 쓰기 위해 사력을 다 기울였을 것이다. 보고 읽기에는 충청도 사투리 말바탕에 대전이라는 이 지역의 특성상 영남, 호남 말이 섞여들고 여기에 해방되고 6·25 전쟁 통에 월남한 사람들 말까지 놓치지 않은 시들이다. 그러나 그 한 편 한 편은 실로 인공적 '제작자'인 시인의 각고의 노력을 통해 '구성'된 '작품'이라고 할밖에 없으니, 이 제작에 들인 시간이며 일품을 웬만한 시집들은 따라올 수 없을 것이다.

2.

이렇게 해서 필자는 육 시인의 이번 네 번째 시집 원고에로 겨우 당도할 수가 있었던 것인데, 이 시집에 실린 마지막 시 「붉은 포도밭」에서 화자는 "여기서부터 겨울"이라고 했다. 필자는 이 시집의 원고들을 다 살피며 육근상 시인의 시세계가 "겨울"과 같은 침잠에 들어서고 있음을 실감한다.

이와 관련하여, 이 시집 곳곳에서 시인은 지금은 돌아가시고 세상에 안 계신 "엄니"의 기억을 되살려낸다. "나는 또 어느 별에서 생명 얻을 것이니 가는 것 너무 슬퍼하지 마라"(「시인의 말」) 말씀하셨다는 시인의 "엄니"는 「봄날」에도, 「메밀꽃」에도, 「적멸」에도, 「손 없는 날」에도 살아계시다. 「보름벌레」와 「달 강」은 행상 다니는 어머니의 모습을 담고 있고, 「폭설」이고 「숫눈」이고 「바라실 미륵원지 노을집」이고, 「달가락지」고 「가을밤」이고, 어머니의 모습이 아니 스며들어 있는 곳 없다. 이 가운데 「달 강」은 행상 나간 어머니를 마중 나가는 소년의 모습이 손에 잡힐 듯 그려져 있는 아름다운 시다.

> 행상 나간 엄니는 오밤중 되어도 돌아오지 않아
> 나는 양칭이 길 처녀 귀신만 산다는 달 강 건넜네
>
> 무청밭 지나가는 짐승이 어린애 울음소리로 자지러지면
> 복숭아나무와 버드나무 가지가 목덜미 싸늘하게 핥고 갔네
>
> 고개 넘느라 이슬이 다 된 엄니 따라 걷는 달 강 길에는
> 망초꽃으로 쏟아져내린 별들이 기우뚱기우뚱 발등에 차이기도 했네
>
> —「달 강」 전문

이렇게 애달픈 어머니의 기억이 「겨울밤」, 「벚꽃 설렁탕」, 「엄니」에까지 미치는 것을 보면 이 시집은 다른 한편으로 보면 차라리 돌아가신 어머니에 대한 애가(엘레지) 모음집이라고도 말할 수 있을 것이다. 시집 전체가 어머니의 살아계실 적 회상과 어머니 돌아가신 이후의 슬픔과 허전함으로 가득 차 있으며, 그 곳곳에 심어둔 "엄니"라는 말은 인공적인 세계를 살아가는 인간의 말이라기보다는 차라리 '사람 짐승'이 '어미'를 그리는 자연의 말이라고 할 수 있을 것이다.

3.

바로 이러한 삶의 중대한 변화 때문일까. 시인은 이 겨울의 시집에 이르러 그동안의 치열한 탐구와 관찰에서 한 발짝 물러나 자기 자신에 대한 새로운 성찰과 '결산'을 시도한 것처럼 생각된다. 예를 들면 다음과 같은 시들에서다.

(가)

세밀 앉아 되짚어보니
내가 잘할 수 있는 일 하나 없구나

가으내 도리깨질이던 바지랑대는
밥할 때 넣어 먹어라 서리태 한 줌 쥐여주고
손톱 까매지도록 깻잎 따던 당골네 소쿠리는
손주 업고 삽작거리 돌며 자부랑거리고
모퉁이집 황 보살은 막걸리 한 통 들고
한사코 마루 앉아 꼭다리 비트는디
나는 밥 한 그릇 지어낼 수 없구나
텃밭 뒤적거려 겉절이 버무려낼 재주 없구나

울타리까지 올라온 매화나무가
바람 소리로 바닥까지 휘어져 지팡이라도 쥐여주려니
가만 보고만 있는 것도 도와주는 것잉게
저쪽 돌막 옆댕이 서 있기나 허랑게
쪽창에 핀잔기침 한마디 찍는다
냉갈 든 방 숨소리 나직하다

—「세밑」 전문

(나)

나는 이제 빨랫줄에 해지고 구멍 난 셔츠로 걸려 있다
바람 들락거리기 좋았으니 풀 먹은 베옷처럼 얼어
앙상한 갈비뼈 자리 훤히 들여다보이는구나

이장하는 목사공파 7세조 유골처럼 고스란하구나
할아버지도 손 닿지 않는 등허리 쪽 가려웠으리라
친정 간 각시처럼 할머니 계시지 않아
오동나무 둥치 기대 긁적이고 있었으리라
이 몸 벗어 걸쳐두고 며칠 술잔 속 세상 떠돌다 돌
아와
맨몸 다 드러낸 푸댓자루로 널브러져 술 몸살 앓다
솜눈이 푹푹 쌓일 것 같은 산초나무 바라보니
저이도 며칠 어디를 다녀왔는지 찬물 들이켜는 신
음소리로 스러진다

—「이 몸이여 홀로 살아가는구나」 전문

(가)의 시 「세밑」에서 시인은 앞의 시집 『우술 필담』에서는 그토록 강력한 밀착 상태를 보여주던 자기 고향 사람들과 자신 사이에 가로놓인 어떤 '간격'을 예리하게 의식한다. "세밑"은 한 해가 끝나는 때이며, 이때에 이르러 사람은 자신의 삶을 되돌아보게 마련이다. 이 시에서 시인은 한 해 내내 깨닫지 못하던 자신과 자신의 '환경' 사이의 메울 수 없는 틈을 발견한다. 그는 그 자신의 마을 사람들의 삶에 완전히 밀착되지 못한 존재임을 깨닫는다.

또 (나)에서 시인은 자신의 모습을 빨랫줄에 걸린 "해지고 구멍 난 셔츠"에 비유한다. 비록 치열한 언어적 실험의 세월이었으되 자신에게 남은 것은 낡아버린 육신의 폐허뿐이다. 이와 같이, 또 다른 시 「연대기」에서 시인은 "나는 아버지가 매어놓은 뱃머리 마을 살면서/달빛이며 꿩이며 풀잎의 서러운 얘기 다 들어주었다"고도 했다.

'연대기'는 삶을 요약할 수 있는 위치에서만 쓸 수 있는 것이라고나 할까? 치열한 시적 실험과 탐구의 삶 끝에 선 시인 자신의 모습은 「이 몸이여 홀로 살아가는구나」의 초상에 비추어 볼 때 슬프다 못해 일말의 회한의 기운마저 감도는 듯하다.

4.

그렇다면 이러한 슬픔과 회한의 '겨울 시집' 속에서 시인은 어떤 암중모색을 하고 있는 것일까? 이 시집에 이르러 시인은 자신이 오랫동안 몰두해온 고유명의 세계에서 잠시 물러서는 듯하다. 그동안 앞선 시집들에서 시인은 '여기, 이렇게' 살아가고 존재하는 고유한 개체들에 대한 목격자로서 존재했다고도 말할 수 있을 것이다.

이 시집에 이르러 '고유명'들의 세계는 여전하면서도 잠시 뒤로 물러서고 대신에 이 1960년생 시인이 작가 이상의 표현을 빌려 자신의 평생을 '경력하여' 얻어낸 명상적인 작품들이 깊은 인상을 선사한다. 예를 들면 다음과 같은 경우다.

품속 같다 무엇이든 끌어안고 있으면 한 생명 얻을 수 있겠다

겨우내 버려두었던 텃밭도 품속 따뜻했는지 연두가 기지개다 뾰족한 입술 가진 호미도 혓바닥 넓은 꽃삽도 품속 그리웠는지 입술 묻고 뗄 줄 모른다 나를 품었던 엄니도 이제 품속 돌아가려는지 양지 녘 볕을 있는 힘껏 끌어모으신다

품속 내려놓은 어미 닭이 병아리들 꽁무니 매달고 의젓하게 마당 맴돌고 있다

—「볕」 전문

여기서 "볕"은 이제 어느 마을, 어느 고개, 어느 들판, 어느 추녀 밑에 비쳐드는 볕이 아니라 볕 그 자체로서 나타난다고 필자는 말하고 싶다. 그러니까 이 시집에 이르러 시인은, 자신이 깃들이고 살아가는 곳과 관계 맺고 살아가는 낱낱의 사람들로서의 개체들로부터 이 고유명들, 또는 개체명들을 아우르는 보통명사의 세계로 나아간다. "볕"은 어떠한가? 그것은 "품속 같다". "무엇이든 끌어안고 있으면 한 생명 얻을 수 있겠다." 그리하여 이 시에서 "볕"은 "텃밭"도, "호미"도, "엄니"도 모두 끌어안을 수 있는 "품속" 같은 것이고, 그리하여 '모든' 사물이며 생명에 빛을 주고 사랑을 선사하는

어떤 것이 된다.

이러한 눈부신 보편적 인식 또는 깨달음이라 할 만한 것을 이 시집의 여러 시들에서 만나게 된다. 예를 들어 「사월」에서 시인은 조붓한 텃밭에 대파 몇 뿌리 심어두고는 "보리밭 솟아오르는 검은 새와 송아지 머리 핥고 있는 어미소"를 바라보며 "흐뭇해하는 사월"을 만끽한다. 사월은 많은 사람들에게 혁명이니 참사니 하는 역사의 긴장을 떠오르게 할 테지만 이 시인의 사월은 '벌써' 자연의 품속에 아늑히 들어가 있는 것으로 보인다.

「혼자 사는 즐거움」에서는 또 "사람이 사람 피해 산다는 것은 얼마나 즐거운 일인가"라고 말하며, "혼자 사는 즐거움은 얼마나 다정합니까 말하지 않은 말들은 또 얼마나 아름답습니까"라고도 한다. 살아가는 일의 이법이나 원리를 이 시의 화자는 깊이도 깨달은 듯하다.

필자는 시집에서 이렇게 웅숭깊은 깨달음에 어울리는 시 한 편을 발견할 수 있었으니, 이는 다음과 같은 유머의 시다.

아침 겸 즘심을 짜장면이랑 쏘주로 때우고 있는디
옆자리에서 탕수육 노나 먹던 홍안의 여자아이 둘이
주뼛주뼛허더니 저어 아저씨예 담배 있으모 두 까치
만 주이소

나헌티 허는 소리는 아니겄제 면발에 고춧가루 뿌

려 길게 끌어 올리는디 쏘주도 한 잔 털어 놓으려 허는디 아저씨예 으이 담배 있으면 돌라구 예에 있으모두 까치만 주이소 허는디 금방이라두 눈물 쏟아낼 것 같은 내 어릴 적 닮은 미간과 깊게 파인 간절헌 인중 어찌나 슬퍼 보이던지 엄지와 검지 사이에 낀 소주잔까지 덜덜덜 떨리면서

쿵쿵 느그 아부지 머 허시노 물으니 울 아부지예 씨진뺑인데예 와예 아래위 훑어보다 팽 허니 튕기 나간다 창밖에 비는 내리는디

—「오늘은 비」 전문

이 장면은 한 편의 웃지 못할, 그러나 웃을 수밖에 없는 촌극과도 같다. 담배를 찾던 여자애들이 아버지를 묻는 화자의 물음에 자기 아버지는 "씨진뺑"(시진핑)이라고 쏘아붙이고는 튀어 나가는 광경은 세상의 변화를 어찌할 수 없고 또 용납, 용인하지 않을 수도 없는 시인의 페이소스 어린 유머 감각을 일깨우는 것이다.

필자는 이 유머가 비단 이 시뿐만 아니라 이 시집의 「사랑가」며, 두 번째 시집 『만개』에 실린 「난독증」 같은 시에서도 볼 수 있었던 것이라 생각한다. 아내가 휴대폰에 등록해놓은 'ㅅㅂㄴ'을 '서방님'으로 이해하지 못하고 욕설의 비하로 오해해서 생긴 이 이야기는 세상을 품 안에서 내려놓는

일의 중요성을 은근히 깨닫게 한다.

필자는 이와 같은 페이소스와 유머 속에서 이 시인이 겨울 시집의 시대를 통과하여 새로운 봄의 세계로 나아갈 것을 생각한다.

5.

한편으로, 육근상 시인의 시집들 덕분에 더 깊이 생각하게 된 것 하나를 부기해보고자 한다.

옛날에 '옥계시사'라고도 하고 나중에 '송석원시사'라고도 한 문학적 집합체가 지금 서울하고도 서촌이라 불리는, 인왕산 기슭 옥류동 아래 '결성'되어 있었다. 이 '위항시인'들은 천수경의 거처인 송석원에 모여 서로 어울려 빼어난 시문들을 지어 남겼다. 위항이란 꼬불꼬불한 작은 골목을 가리키는 말이다.

그 시대에 이 서촌 지역은 권문세족들뿐 아니라 계급 낮은 신분의 중인들도 함께 사는 곳이었다고 한다. 시사라는 것은 본래 시문을 즐기는 사대부의 풍류 모임을 가리키는 것인데, 조선 후기 들어서는 중인 중에서도 이런 문학 활동에 전념하는 이들이 생겨났다. 사대부 아닌 중인들이 자신들만의 독특한 계급 및 계층 감각, 세대 감각을 중심으로 독자적인 문학세계를 이룩한 이 전통은 근대 이전 한국 시사의 진풍경이라고 할 만하다.

이런 전통은 과연 현대에도 이어지고 있는가? 평론가 신범순이 현대 시인 이상과 구인회의 문학을 그에 접맥시켜 이해한 것은 그 사례의 하나이다. 하필 이상의 「오감도」 연작 '시제1호'에 등장하는 '13인의 아해'들처럼 송석원시사의 참여 인물들도 13인이었음은 우연의 소치치고는 흥미롭다 하지 않을 수 없다. 구인회 같은 동인 집단의 뿌리는 한국 바깥에서만 찾을 일이 아니다.

여기서 더 나아가 필자는 단순히 일제강점기뿐만 아니라 오늘날에도 이 독자적인 '시사'가 살아 움직이고 있음을 부인할 수 없다고 생각한다.

예를 들어 시인 신대철의 '빗방울 화석' 동인들은 위계화된 문단 지형도와 관계없이 그들만의 세계를 누리고 있으며, 인천작가회의 사람들은 비록 '관변'이지만 그 체질이 남다르고 자기들만의 순환 체계가 있다. 이러한 '시사' 집단이 없다면 한국 문단은 숨통 없는 밀폐 공간에 지나지 않을 것이다.

이 사례들에 더하여 필자는 솔출판사의 임우기 문학평론가를 중심으로 한 이 일군의 '문인 집단'을 또 가장 뚜렷한 '시사'적 존재로 인식할 수 있다. 그들은 대전이나 공주 같은 금강 유역 인근의 지역적 연고와 학연 등을 매개로 느슨하면서도 견고한 집합체를 이루고 있다. 그들은 이를 독자적인 실체로서 표방한 적은 없는 듯하다. 하지만 필자의 눈에는 이들이 이 시대의 가장 강력한 현대적 '시사' 집단으로 인식된다.

물론 그들은 과거 송석원시사의 문인들이 서로 공유하던 스물두 개 규범 같은 것은 없다. 경제적 부담을 가급적 공평히 나누어 갖는 균분의 원칙도 갖고 있지 않다. 달마다 장구章句의 경연을 열어 서로 술동이로 상벌을 내리는 법도 없다. 그들은 그러나 확실히 현재의 위계화, 권력화된 문단 지형과 거리를 두면서 자신들만의 공통된 문학적 지향점을 이루어 간다.

이들의 문학 행위는 자신들의 삶 전체를 바쳐 시도해나가는 긴 실험 과정과도 같다. 지조와 끈기 같은 것이 결여되어 있다면 이들의 실험은 지탱되지도, 관철될 수도 없다. 다른 흐름과 구별되는 이들의 문학적 지향점은 무엇일까? 하면 그것은 문학을 당대의 정치경제적 환경에의 대응물로 보지 않고 연연히 이어지는 자연적 삶 그 자체를 수용하고 표현하는 것으로 간주한다는 것이다.

그들은 나면서부터 국가기구와 같은 인위적인 체제에 포섭되는 사람 삶의 부면을 비본질적인 것이라 인식하며, 그 이전 또는 너머의 자연적 삶이야말로 본질적이고 근본적이라 여긴다. 이 자연적 존재로서의 사람의 '삶'과 그들이 깃들여 살아가는 터전으로서의 '토양'과 이 모든 존재의 근원으로서의 우주와 그 혼에 대한 인식과, 그 표현으로서의 사람의 말과 글, 그리고 그 집약체으로서의 문학에 대한 인식을 가능한 한 끝까지 밀어붙이는 것. 이것이 필자가 생각하는 그들의 문학적 노선이라면 노선이다.

필자가 지금 해설을 붙이고 있는 육근상 시인은 이 '서교시사', 문학평론가 임우기의 유역문학론과 대전과 공주, 금강 유역의 문학인들과 이 어두운 문학의 시대가 만나는 중력장의 대표적 시인이라고 할 것이다. 그가 이 시집에 이르기까지 네 차례에 걸쳐 이룩해놓은 진짜 구어체 이야기 시, 임우기 문학평론가의 용어를 따른다면 그 '소리시'의 '진경'이 이 메마른 인공적 세계를 살아가는 독자들에게 '자연-인간'의 존재를 일깨워줄 수 있기를 바라 마지않는다.

여우

1판 1쇄 발행	2021년 8월 12일
1판 2쇄 발행	2021년 9월 3일
지은이	육근상
펴낸이	임양묵
펴낸곳	솔출판사
편집장	윤진희
편집	최찬미, 윤정빈
디자인	오주희
마케팅	조아라
제작관리	박정윤
주소	서울시 마포구 와우산로29가길 80(서교동)
전화	02-332-1526
팩시밀리	02-332-1529
홈페이지	www.solbook.co.kr
이메일	solbook@solbook.co.kr
출판등록	1990년 9월 15일 제10-420호

ISBN 979-11-6020-156-7 03810

• 이 책은 대전광역시, (재)대전문화재단에서 사업비 일부를 지원받았습니다.